ULISSES TAVARES

Ilustrações de Angeli

SETE CASOS DO DETETIVE XULÉ

CB137989

Coleção Jabuti Aventura

7ª edição

Conforme a nova ortografia

Editora Saraiva

Copyright © Ulisses Tavares, 2002

Editor: ROGÉRIO GASTALDO
Assistente editorial: ELAINE CRISTINA DEL NERO
Secretária editorial: ROSILAINE REIS DA SILVA
Suplemento de trabalho: ROSANE PAMPLONA
Coordenação de revisão: PEDRO CUNHA JR. E LILIAN SEMENICHIN
Gerência de arte: NAIR DE MEDEIROS BARBOSA
Supervisão de arte: VAGNER CASTRO DOS SANTOS
Finalização de capa: ANTONIO ROBERTO BRESSAN
Projeto gráfico: ROSANGELA C. LIMA
Diagramação: WALTER REINOSO
Produtor gráfico: ROGÉRIO STRELCIUC
***Impressão e acabamento*:** FORMA CERTA GRÁFICA DIGITAL

Dados Internacionais de Catalogação na Publicação (CIP)
(Câmara Brasileira do Livro, SP, Brasil)

Tavares, Ulisses
Sete casos do detetive Xulé / Ulisses Tavares ; ilustração Angeli. — 7. ed. — São Paulo : Saraiva, 2005. — (Coleção jabuti)
ISBN 978-85-02-03887-5

1. Literatura infantojuvenil I. Angeli. II. Título. III. Série.

02-3190 CDD-028.5

Índices para catálogo sistemático:
1. Literatura infantojuvenil 028.5
2. Literatura juvenil 028.5

13ª tiragem, 2024

Editora Saraiva

SARAIVA Educação S.A.
Avenida das Nações Unidas, 7.221 – Pinheiros
CEP 05425-902 – São Paulo – SP
www.editorasaraiva.com.br
Tel.: (0xx11) 4003-3061
atendimento@aticascipione.com.br

Todos os direitos reservados à Editora Saraiva

CL: 810118
CAE: 603353
Cód. da OP: 248913

De como o detetive Xulé resolveu o caso das joias sem levantar da cadeira.

Se eu tivesse mais 30 centímetros de altura, outros 30 de largura, olhos azuis, seria o próprio agente secreto do cinema.

E se falasse inglês e ganhasse em dólares, seria o próprio detetive americano de televisão.

Mas sou o fruto de um espermatozoide míope que me fez nascer a alguns centímetros do alvo da fama, fortuna e sucesso.

50.585.687 centímetros para ser exato.

Assim acabei mesmo aqui, detetive da Delegacia da Moóca, nem baixo, nem alto, nem feio, nem bonito, nem rico, nem pobre. Normal como um brasileiro normal.

Só não mais normal pelo nome pomposo:

Oduvaldo Sampaio Pires da Silva.

Sampaio por parte do avô, Pires por parte da mãe, da Silva por parte do pai e Oduvaldo por parte de um jogador da Seleção Brasileira que ganhou a primeira Copa do Mundo.

Meu pai adorava esse craque da bola e achou que eu era um bebê predestinado a brilhar nos gramados por nascer com os pés grandes.

Exagero de pai: hoje calço 37 e fui dispensado de servir o Exército porque tenho pés chatos.

Mas estou fugindo do assunto e não devo.

Li num livro, desses que ensinam o poder da força de vontade, que devemos sempre encarar os fatos desagradáveis, os complexos, os traumas, de frente. Assim eles desaparecem ou ficam mais fáceis de superar.

Então lá vai:

Só não sou mais normal no apelido.

Pronto. Já disse. Me sinto bem melhor agora. Provei que

sou capaz de levar minha cruz na vida numa boa, sem esquentar demais.

Ah, sim, o apelido que todos me chamam é esse que o escrivão está falando agora, com a cabeça para dentro da porta de minha sala:

– Detetive Xulé, tem um senhor aqui querendo falar com você.

Viram?

Com a mesma calma, a mesma firmeza positiva da mente, conforme me ensinou o livro, respondo:

– Xulé é a mãe!

Contente de estar em vias de vencer a raiva que sempre me provoca esse maldito apelido, nem um pouco à altura de um Sampaio, um Pires, um da Silva e um herói da pelota como Oduvaldo, completo:

– Manda entrar.

Quem entra é um homem com o rei na barriga. Claro que na impossibilidade de mostrar o rei da barriga, bem gorda por sinal, ele exibia o terno caro, o sapato caro, o relógio caro e o cheiro de perfume caro. Desses ricos que fazem questão de deixar evidente que são ricos. Um rico que depois que fica rico compra um diploma de advogado por correspondência pra nunca ter de dizer o nome sem pôr um Doutor antes.

Que nem ele fez, sentado na poltrona velha, de couro muito sentado, na frente de minha mesa, na mira de meus charmosos óculos modelo fundo de garrafa último tipo.

– Detetive Xulé? Eu sou o Dr. Ermelino Pádua.

Não tenho sempre essa antipatia instantânea pelos ricos, se bem que votei num partido que promete acabar com esse negócio de ricos e pobres, o que eu acho uma boa, já que é muito pobre trabalhando muito pra sustentar poucos ricos no mundo.

Contei mentalmente até dez, respirando fundo, como o livro recomendava, para recuperar a serenidade, e respondi sem alterar a voz:

– PRAZER (... oito) MEU NOME É ODUVALDO (... nove) SAMPAIO PIRES DA SILVA (... dez), às suas ordens.

Então ele contou o que trazia um homem tão rico à sala de um detetive numa modesta delegacia de bairro:

– O que me traz aqui é um caso muito, mas muito confidencial. O que vou relatar não pode vir a público sob risco de provocar um grande escândalo. Posso ter sua palavra de que nada que eu lhe disser cairá em ouvidos estranhos?

Imediatamente lhe dei minha palavra de funcionário da lei: aquele caso seria tratado com a máxima discrição. Tudo ficaria apenas entre nós, o escrivão, o delegado, a equipe de homicídios, se necessário, o advogado de defesa, o advogado de acusação, o juiz, o secretário de segurança, a imprensa e mais ninguém, como é de praxe em inquéritos policiais.

Como assim mesmo o homem parecia receoso em desabafar, pedi que fechasse a porta.

Com isso, ficava impossível a entrada de algum elemento estranho na conversa, como os trombadinhas, alcaguetes, vítimas, indiciados, suspeitos em geral e culpados em particular, repórteres, ladrões e outros que, na falta de coisa melhor pra fazer, vivem visitando a delegacia, alguns com algemas nos pulsos.

– Pronto. Pode falar tranquilo.

Vai ver que ele leu o mesmo livro que eu, pois esperou dez segundos para contar a história:

– Eu sou administrador do Museu Imperial. Semana passada recebemos uma doação do governo do Egito: uma joia encontrada no túmulo de Tutancamon. Essa joia, apesar de parecer um diamante comum à primeira vista, tem um valor incalculável. Faz parte de uma peça maior, em ouro e pedras preciosas, representando a divindade adorada pelos sacerdotes do faraó: Rá, o sol. Preparamos uma vitrina especial para expor uma réplica da peça inteira com a joia em destaque. A exposição abre amanhã, mas acontece que a joia sumiu.

– Sumiu? – perguntei por perguntar.

– Foi roubada – confirmou por confirmar.

– O senhor tem certeza? – perguntei pra confirmar.

– Existe outra possibilidade? – confirmou ao perguntar.

Me lembrei de outro livro que li, da Agatha Christie, onde um inspetor, sempre que interroga alguém, põe as pequenas células cinzentas do cérebro pra funcionar, juntando fatos comuns até ter a solução.

O truque dele é dar corda para o suspeito ir falando, falando e acabar revelando uma pista sem querer. E, nesse momento, minhas pequenas células cinzentas me diziam claramente que o culpado era o Dr. Ermelino Pádua ali presente. Só faltavam as provas, os motivos e o *modus operandi*.

– Quando foi que deu pela falta da joia? – perguntei, esperando obter mais dados que o incriminassem.

– Foi ontem, logo depois de Enrico sair de meu gabinete – respondeu, esperando incriminar o tal de Enrico.

– E quem é esse tal de Enrico?

– É o vice-administrador do Museu.

– E por que a joia estava em seu gabinete e não em um cofre-forte, por exemplo?

– Porque eu havia acabado de recebê-la de volta dos técnicos encarregados de fazer a cópia da peça do faraó.

– Preciso de mais detalhes, Ermelino Pádua – disse eu, contente de poder ao menos tirar metade da arrogância daquele homem que não hesitava em apontar o tal de Enrico como o culpado do roubo.

Minhas pequenas células cinzentas começavam a trabalhar bem: na certa o tal de Enrico representava uma ameaça a seu cargo de administrador e nada mais fácil que tirar essa concorrência do caminho com uma acusação de roubo. Por enquanto, me contentava em lhe deixar sem o Dr. do nome.

– Que tipo de detalhes? É tudo tão claro: eu tive de me ausentar da sala, Enrico entrou, pegou a joia e saiu. Simples, não?

– Nem tanto, Ermelino – agora lhe tirei também o sobrenome. – Por exemplo: onde exatamente estava a joia?

– Em minha gaveta, dentro de um pequeno estojo.

– Você – pronto, ficou sem nome de vez – disse que Enrico se aproveitou de sua ausência do gabinete para praticar o roubo. E por que se ausentou, tendo sob sua guarda uma joia tão valiosa?

– Ora, foram apenas alguns instantes, para acompanhar minha esposa.

Minhas pequenas células cinzentas ficaram verdes como sinal de trânsito. Então o homem tinha um cúmplice. Ou melhor: uma cúmplice de confiança. Justo a esposa, quem diria? Engatei uma primeira no raciocínio e deixei o interrogatório correr na Fórmula 1 das deduções. Tinha pressa em chegar ao final do caso.

– Alguém viu Enrico entrar em seu gabinete?

– Minha secretária viu.

– Então sua secretária também poderia ter entrado.

– Sim, mas acontece que ela é de inteira confiança, está comigo há anos. Já teve, portanto, oportunidade de praticar roubos bem maiores e não o fez. Enrico, por outro lado, foi nomeado para o Museu há pouco tempo.

A acusação era grave.

Se continuasse assim, seria preciso prender o tal do Enrico. Mesmo contra vontade, tinha de admitir que talvez fosse só antipatia o que me levava a achar que E.P. (Ermelino Pádua) mentia.

Num último esforço, como náufrago que se agarra até em tubarão pra não afundar de vez, perguntei:

– Você é um homem rico, certo?

– Bem, digamos que não estou mal de vida.

– Olha, sou um detetive, não um agente do Imposto de Renda. Pode responder tranquilo. Você costuma dar presentes caros para sua esposa, certo?

– De vez em quando, sim.

– Colares, joias, anéis, certo?

– Não entendo onde o senhor quer chegar. Não me diga que está pensando que eu dei a joia do faraó de presente pra minha mulher?

Era o que eu estava pensando. Mas pensamento não é prova aceita em tribunais. Se fosse, a humanidade inteira estaria na cadeia, já que tem sempre alguém pensando mal do outro.

A entrevista estava no fim. Me senti sem esperanças como doente em fila de posto de saúde do governo, daquele tipo que só marca a consulta para o dia de São Nunca.

Nesse exato instante tocou o telefone.

Atendi.

– Detetive Xulé? Está aí o Dr. Ermelino Pádua? Telefone para ele.

Estendi o telefone para o homem sem falar nada, entretido no esforço mental de contar até 10, respirar fundo e sonhar com o dia em que uma portaria especial do delegado proibisse terminantemente todos os funcionários de chamarem o brilhante detetive Oduvaldo Sampaio Pires da Silva pelo abominável apelido das vítimas de disfunções odoríficas das extremidades do corpo, o popular xulé.

– Sou eu, querida... – Atendeu E. P. (Ermelino Pádua) o telefone. – Como? Não brinca... como foi acontecer isso?... sei. Fez bem em me comunicar... Logo estarei aí. Até logo, querida... como, foi um sucesso? As amigas morreram de inveja? É, é engraçado sim... agora preciso desligar.

Antes que eu chegasse ao terceiro capítulo de instruções do livro de controle mental, e ao segundo sonho de minha vida que é ver uma praga de xulé dominando a cidade e poupando apenas o locutor que vos fala, senti minha mão vigorosamente sacudida pelo homem que há pouco falava ao telefone. Ermelino Pádua, parece.

– Muito obrigado pela atenção, senhor detetive. Já está tudo resolvido. Foi apenas um equívoco minha vinda aqui. Não precisa mais se preocupar com o assunto.

Aquilo me acordou.

– Um momento. Você vem aqui, comunica o sumiço de uma joia, acusa o vice-administrador do Museu e depois sai de fininho? É muito pras minhas pequenas células cinzentas.

– Células cinzentas?

– É muito pra minha cabeça – traduzi. – Faça o favor de esclarecer. Isto é uma delegacia de respeito, nao a casa da sogra. Aliás, se fosse a casa da sogra, teria macarronada aos domingos e não esse desgraçado sanduíche de mortadela do boteco ao lado.

O homem nem se dignou acomodar as banhas na poltrona de novo. Falou de pé mesmo:

– O que acontece é que minha esposa acabou de me ligar avisando que já encontrou a joia. Sabe onde estava?

No colar que ela usou na festa de ontem. Engraçado, não acha? Por uma incrível coincidência, o colar de brilhantes tinha uma pedra faltando. Então ela me pediu que passasse na joalheria de manhã, comprasse a pedra que faltava, que depois ela encaminharia a nosso ourives de confiança para restaurar o colar. Aí que se armou a confusão. Comprei a pedra e deixei em cima da mesa para não esquecer de entregar a minha esposa quando ela passasse no Museu à tarde. Ela passou, como já lhe contei, e vendo o estojo com a pedra simplesmente colocou na bolsa. A joia do faraó estava num estojo parecido, e foi esta que ela levou por engano. Só agora descobriu a troca, porque minha secretária, ao arrumar minha mesa, encontrou a pedra do colar e avisou pelo telefone. Como vê, foi apenas um equívoco. Agora só preciso pedir ao ourives que retire a pedra do faraó do colar de minha esposa e pronto. Até logo.

Antes que ele abrisse a porta e saísse, disparei com a voz mais parecida com a de uma autoridade da lei que pude imitar. Ou seja: a voz grave e empostada do herói do seriado policial a que sempre assisto na televisão.

– Sinto muito, Dr. Ermelino Pádua, mas vou ter de prendê-lo.

O homem deixou cair o braço que já erguera para abrir a porta, deixou cair o queixo de espanto e finalmente deixou cair o corpo gordo na poltrona.

– Que piada é essa?

– Não é uma piada, Dr. Ermelino Pádua. Está preso sob acusação de... malversação de bem público.

E traduzi rapidinho antes que ele levantasse de novo e fosse correndo se queixar ao delegado que tinha um louco trabalhando na delegacia:

– A joia do faraó é uma doação do governo egípcio ao governo brasileiro, oká?* Portanto, um tesouro que pertence ao povo brasileiro, oká?** E que estava confiada a sua responsabilidade, oká?*** Cabia ao senhor tomar todas as precauções para que essa joia tivesse apenas o destino que lhe cabia, ou seja, a exposição no Museu, OK?***** No entanto, o que aconteceu? A joia acabou sendo usada indevidamente para caprichos pessoais da esposa do administrador do Museu Imperial, conforme podem testemunhar as amigas de sua esposa presentes na festa de ontem, oká?**** Então o senhor é culpado de malversação de bem público, que se fosse o senhor um zé-povinho qualquer seria pura e simplesmente furto. É isso aí.******

O homem continuou sentado, me olhando como um marciano. Eu continuei sentado, olhando como se ele fosse um mero terráqueo. E, sem levantar da cadeira, chamei o escrivão para lavrar o auto de prisão em flagrante.

– Me chamou, detetive Xulé?

Foi a única vez que tive de levantar da cadeira durante todo o caso da misteriosa joia do faraó. Para ir ao banheiro e responder ao escrivão:

– Xulé é a mãe. Fique aí vigiando o homem que já volto.

---

* Versão esculachada de OK.
** Idem.
*** Idem.
**** Idem.
***** Forma correta de oká.
****** Equivalente em português de OK.

O dia em que o detetive Oduvaldo Sampaio Pires da Silva, vulgo Xulé, resolveu o caso do gato em apenas 1 minuto.

Moro em uma pensão.

Poderia morar até em um hotel cinco estrelas.

Bastava ser um policial corrupto.

Receber grana por fora para resolver os casos mais rápido ou, conforme o caso, mais devagar.

Mas sou daqueles que depende do salário pra viver. E vivo duro, como todo brasileiro sem trambiques, sem caixinha extra, sem colher de chá. Honestidade muitas vezes dá dor de cabeça, mas lucro que é bom, neca.

A pensão é boa.

Tem bastante gente morando nela, e Dona Laura, a dona, é daquelas viúvas sem filhos que gostam de tratar a todos como filhos. Principalmente no que diz respeito a comida, sempre farta, gordurosa e gostosa, já que (você já notou?) tudo que aumenta o colesterol e o pneu da cintura é uma delícia!

Agora, só tem um jeito de deixar Dona Laura brava: é implicar com o Fiote.

Fiote não é mais um gato. É um candidato à Academia dos Chatos.

Porque todo gato gosta de se encostar em pessoas. Mas Fiote não encosta. Ele gruda. Você senta para almoçar e pimba! Fiote pula no seu colo.

Todo gato gosta de miar de vez em quando. Mas Fiote mia sempre. Principalmente se você fecha a porta do quarto.

Uma vez ele ficou a noite inteira miando na porta e me deu de presente duas olheiras no dia seguinte.

Até que chegou o dia em que Fiote sumiu.

E o sumiço logo foi notado.

Bem que dois ou três pensionistas mais caras de pau ainda tentaram fazer de conta que não tinham reparado:

– Fiote não está mais aqui? Nem tinha percebido.

No fundo, rezavam para o gato não aparecer mesmo. Que ele, sozinho, valia três amolações do velho Vitorino – com sua mania de ler o Estadão inteiro no único banheiro –, cinco telefonemas da alegre Lucinda – capaz de saber das fofocas antes mesmo de elas acontecerem – e, no mínimo, meia dúzia de discursos do Savério – um nostálgico dos velhos bons tempos que a cada ano se tornavam melhores.

Mas não teve jeito:

Dona Laura, a dona da pensão, a dona do gato e, por extensão, a dona do maior enrabichamento já visto entre seres humanos e felinos domésticos, tinha de me acordar. E justo quando eu entrava na segunda hora de sono diurno, depois de passar a noite de plantão na delegacia.

– Detetive Oduvaldo, acorda. Aconteceu uma desgraça.

Sendo a única que me chamava pelo nome, e a única que segurava o aluguel e a goiabada cascão do café da manhã, Dona Laura merecia toda minha consideração. No estado de sono em que me encontrava só mesmo um guindaste pra me tirar da cama. Ou Dona Laura batendo na porta, pedindo providências urgentes para localizar Fiote.

Mal tive tempo de tirar a ramela de um olho, botar a capa e, assim, com toda dignidade que me permitia a ramela do outro olho, os pés descalços, a cueca por baixo e a capa de gabardine por cima, abri a porta e anunciei:

– Reúna os suspeitos no refeitório que já vou descer.

Quando desci, Dona Laura, por amor ao gato e aos gestos melodramáticos, já havia reunido no refeitório os pensionistas que não estavam fora.

Corri os olhos pelos presentes e identifiquei três. A cada um fiz uma pergunta:

– Vitorino, onde esteve nas últimas horas?

No mesmo tom sério, respondeu o velho:

– Lendo os anúncios fúnebres do jornal, lá no banheiro. É a primeira coisa que leio. Nunca se sabe, às vezes se tem boas surpresas.

Passei para o seguinte:

– Lucinda, pode nos contar o que fez nesse espaço de tempo?

Ela foi reticente:

– Não sei se devo contar. Detesto expor minha vida íntima em público. Afinal, as pessoas costumam ser muito fofoqueiras.

Dona Laura interveio, convicta de seu papel de principal interessada na elucidação do caso Fiote:

– Todos devem colaborar com a lei, Lucinda. Desembucha logo ou eu cobro aquele interurbano de meia hora que você fez ontem pra Juazeiro do Norte.

– Está bem. Estive ao telefone dando alguns conselhos rápidos para uma amiga que vai ter filho. Para a Sandrinha, sabem, aquela que resolveu ser mãe solteira. Ela...

Antes que Lucinda contasse a história da Sandrinha com prólogo, seis capítulos e comentários críticos, além das anotações de pé de página, fui direto ao terceiro e último suspeito presente.

– Você, Savério, é sua vez de se explicar.

Ele levantou-se e, tirando um pigarro imaginário da garganta, falou:

– Estava eu em colóquio com um contemporâneo, quando passou por entre nós uma rapariga, dessas que não se pejam de usar a saia como se fosse um cinto. Passamos então a proceder uma análise metódica e circunspecta da degeneração dos costumes. Assim sendo, meu ilustre confrade explanou...

Interrompi:

– Seu Savério, apenas o local em que esteve, por favor.

Ele sentou-se, contrariado:

– Pressa, sempre a pressa, este é o defeito desta geração... estava no barbeiro, fazendo a barba e batendo papo, pô.

Disfarçando um bocejo e apoiado num pé só, já que me incomodava pisar descalço no chão frio, olhei fixamente um por um em silêncio. Percebi que Dona Laura ficou impressionada com a minha pose, que reforcei apoiando a ponta do indicador no queixo.

Disse então para que todos ouvissem:

– Fui chamado para solucionar o desaparecimento de um animal muito estimado por Dona Laura e todos nós. O sumiço de Fiote. Embora seja difícil imaginar que alguém pudesse querer privar esta pensão da presença alegre de tal criatura, o trato com o crime...

Vi que minha oratória estava mesmo impressionante. Reforcei:

– O trato com o crime, repito, com o submundo, com as mazelas do cotidiano, me ensinou a desconfiar de tudo e de todos.

Ouvi Dona Lucinda tentando quebrar o clima:

Ô Xulé, aqui ninguém é criminoso.

Nem contei até dez, nem respirei fundo. Fui em frente pra não deixar cair a peteca do suspense:

– De tudo e de todos, repito. E aprendi também a juntar os fatos insignificantes, compondo um painel que me leva a deslindar os mais intrincados problemas partindo de coisas, palavras que a ouvidos menos treinados nada dizem.

E antes que alguém esboçasse qualquer frase que começasse com a troca de meu nome, arrematei:

– Já sei onde Fiote está.

Nem Reynaldo Gianecchini faria melhor na novela das sete. Desta vez, todos ficaram me olhando como se eu fosse o Columbo tupiniquim.

Dona Laura não se conteve:

Diga logo, onde está o meu Fiote?

Respondi antes de sair de cena:

– Vou fazer melhor que isso, Dona Laura. Trarei o Fiote aqui dentro de um minuto. Que ninguém se retire. E aguardem.

Saí do refeitório direto em direção ao quintal de onde, após exato um minuto, trouxe Fiote triunfalmente nos braços.

E enquanto o gato se aninhava no colo de Dona Laura, que o acolhia como filho mimado, completei:

– O caso está encerrado. Em consideração a todos e à convivência cordial que aqui temos, não revelarei quem é o culpado pelo sequestro de nosso estimado Fiote. Mas alerto: da próxima vez desmascararei o(a) culpado(a). Agora, se me dão licença, retornarei a meus aposentos para dormir o sono dos justos.

Subindo as escadas devagar, deixando atrás uma plateia admirada e uma Dona Laura com Fiote no colo e gratidão eterna no coração por seu pensionista detetive, refletia sobre as voltas do destino. Afinal, como podia eu prever que causaria tanto rebu simplesmente por trancar o desgraçado de um gato na lavanderia pra poder dormir em paz?

Talvez um dia, no futuro, a pensão de Dona Laura perdesse um detetive e o mundo ganhasse um ator de primeira.

De quando o detetive Oduvaldo teve um dia de cão e quando o cão teve um dia de detetive.

Os cincos quilômetros que separam a pensão da delegacia, eu os faço de ônibus em apenas uma eternidade pra ir, outra pra voltar.

Para passar o tempo enquanto o ônibus não passa os doze pontos de parada, os quinze congestionamentos e os vinte e dois sinais fechados (já contei), vou lendo. No começo ia lendo um jornal, mas normalmente o ônibus está com tanta gente que não sobra espaço pra virar as folhas. Mudei então para os livros. Mesmo assim, se a lotação continuar aumentando, vou acabar tendo de ler bulas de remédio.

Hoje, entre um-passinho-à-frente-faz-favor e um o-pé-debaixo-é-meu, fiz o agradável trajeto curtindo a mocinha espremida em minha frente, apoiando o cotovelo na barrigona do cidadão espremida atrás de mim, pendurado pela mão esquerda no estribo, segurando o livro com a direita e virando as páginas com o polegar e a ajuda do queixo.

O título era:

A Lei, ora a Lei.

O tipo do livro ideal para se ler em ônibus, celas e camburões da polícia. Resumindo, o assunto é a verdadeira guerra de mocinhos e bandidos, travada pela polícia com malfeitores de toda espécie. Um livro bem realista e bem diferente da xaropada interessante mas mentirosa dos seriados de televisão. Resumindo de novo, trata do interrogatório dito científico *versus* o tradicional "confessa ou te cubro de porradas". Discute a eficiência do que se chama Justiça, já que se um pobre dá um cheque sem fundos é capaz de ir pra cadeia e se um banqueiro dá mil cheques sem fundos simplesmente alega que foi um negócio malsucedido e vai curtir umas férias no Havaí. Conta também algumas histórias de arrepiar, como a do famoso bandido que aprendeu mais de crimes no reformatório para menores do que nas ruas.

Cheguei na delegacia com dor nos pés e na consciência, porque quando você vai fazendo as coisas sem pensar tudo bem, mas se você pensa sobre o que está fazendo você já não quer fazer só por fazer. Desconfio que disse um troço profundo aí.

Mas este é o relato de minhas aventuras e não um travesseiro. Então plim-plim e lá vou eu:

A ordem de serviço que encontrei no quadro de avisos era curta e grossa:

"Investigar e, se possível, prender o assaltante que está causando pânico nas ruas de Vila Éden. Características: alto, forte, simpático e age usando um cão para coagir as vítimas.

Nomes, endereços e depoimentos das vítimas com o escrivão".

Peguei os nomes, endereços e depoimentos das vítimas com o escrivão.

Entrei no Gol 1.0 especial dos investigadores, equipado com dois pneus carecas, uma buzina encrencada e algumas gotas de gasolina no tanque.

E fui buscar o mais importante, o melhor amigo do homem Oduvaldo: Ferinha, meu cachorro.

Vou abrir dois parênteses na história para explicar duas coisas:

(Ferinha é um cachorro policial. Da polícia secreta, pois vive disfarçado de vira-lata. Na pensão não tem espaço, então ele fica com minha mãe. Sempre que preciso de um parceiro mais esperto que um guarda-noturno, recorro ao

Ferinha. Com o dinheiro da recompensa sempre dá para comprar um osso pra ele e um bife de soja pra mim.)

(Não vou explicar como peguei Ferinha e fui para o local onde o assaltante costumava agir. Viajar no carro da delegacia é tão chato como andar de ônibus, a única diferença é que não se paga a passagem.)

Cheguei ao local do crime, ou seja, a praça onde o assaltante já assaltara três pessoas usando seu cachorro para atemorizar e intimidar as vítimas.

Trazia comigo uma obturação do assaltante, que, semana passada, fora obrigado ele próprio a morder a vítima, já que saíra para trabalhar sem o cachorro.

Depois de cheirar a obturação, Ferinha usou seu faro magnífico para identificar o ladrão, não sem antes localizar alguns suspeitos:

Uma velhinha de 83 anos que descobriu maravilhada estar curada do reumatismo, ao ter de cruzar a rua rapidamente para não levar uma mordida.

Um garoto que tinha mesmo jeito de criminoso, apesar de sua pouca idade, oito ou nove meses.

Outro garoto que, ao pedir desculpas, descobri ser anão de circo.

Um homem mal-encarado, faixa preta de caratê, que me deu um soco nos países baixos. Só não revidei porque sou educado, faixa branca de artes marciais e fiquei sem fôlego.

Um outro homem que simplesmente subornou Ferinha com a metade de um sorvete de chocolate e continuou tranquilamente seu caminho.

Até que finalmente demos de cara com o verdadeiro assaltante.

Tive a certeza de que era mesmo o assaltante quando ele disse:

– Boa tarde, isto é um assalto.

Respondi:

– Boa tarde. O senhor está preso.

Imediatamente, ele iscou seu cachorro em cima de mim.

Imediatamente, isquei meu Ferinha em cima dele.

E ficamos durante meia hora assim:

– Isca, Metralha.

– Isca, Ferinha.

Depois, já roucos, coloquei as algemas em seus pulsos enquanto ele me dizia com a voz que lhe restara:

– Sabia que mais dia menos dia isso ia acabar acontecendo. Mas a cadeia não pode ser pior que essa vida que levo. Alto, bonito e com um cachorro imponente como o meu, não aguento mais passar horas debaixo das luzes quentes de um estúdio filmando comerciais de rações para cães ou como dublê, substituindo personagens que as pessoas imaginam ser um rico bonitão com seu cachorro passeando na praia enquanto fuma um cigarro de baixo teor de alcatrão e alto índice de câncer.

Levando o assaltante até o orelhão da esquina, onde pretendia ligar para a delegacia pedindo um camburão, já que a gasolina do Gol não daria para chegar até lá, foi que nos lembramos:

– Cadê os cachorros?

Olhando para trás, tivemos a resposta.

Na praça banhada pelo amarelo do pôr do sol, dois vultos caninos faziam o que os humanos costumam fazer fechando a porta.

A única coisa que pude comentar foi:

– Você é alto, bonito, mas deve ser míope. Seu cachorro é na verdade uma cadela.

Acho que o assaltante chegou a dizer algo sobre psicologia canina, mas só tive tempo de dar meu diagnóstico final ao completar a ligação pra delegacia:

– O crime não compensa, mas algumas vezes dá ninhada.

Um caso em inglês, com legendas em português.

Mal cheguei na delegacia, o escrivão me procurou:

– Xu... quer dizer, detetive Oduvaldo, ligaram da Inglaterra para você. Anotei o recado aqui, ó.

O bilhete era obviamente em inglês. Mas de inglês o escrivão só entendia mesmo o me-tarzan-you-jane, porque o recado saiu assim:

"Dier Inspequetor Da Silva. Ui nide ior rélpe. Col us tudei. Scotland Yard".

Bocejei de tédio.

Aquilo estava se tornando rotina.

Desde que resolvi o caso da rainha quando ela perdeu três diamantes da coroa e, de quebra, descobri o ladrão dos ponteiros do Big-Ben (era um turista americano que queria dar os ponteiros para o Hulk palitar os dentes), os ingleses do serviço secreto não paravam de pedir minha ajuda.

Era o preço da fama.

Até recebera um belo aumento especial de salário, o que não adiantava muito, já que, depois do desconto do Imposto de Renda, mal sobrava para encher o tanque do Rolls-Royce.

De qualquer maneira, agora, à uma hora da tarde, não poderia mesmo ligar para a Scotland Yard. Lá na Inglaterra era hora do chá das cinco. Um péssimo costume dos ingleses de parar tudo. Mais práticos somos nós, que damos apenas alguns intervalos no serviço para o cafezinho, de meia em meia hora.

Enquanto pensava se seria conveniente solicitar ao delegado um escrivão bilingue para me auxiliar, o tempo passou. Liguei para a Scotland Yard.

O diálogo que se seguiu vai dublado em português numa versão Delegacia da Moóca, São Paulo.

– Alô.

– Alô.

– Aqui detetive Oduvaldo, *from* Brazil, falando.

– E aqui Inspetor Pierre.

– Você não conheço. Onde foi parar meu velho amigo, o Inspetor Hunt?

– O Inspetor Hunt foi apartar uma briguinha entre católicos e protestantes na Irlanda. Talvez demore um pouco, cinco ou seis séculos.

– Tudo bem (OK). Qual é o galho?

– Galho? Afinal, você é detetive ou botânico?

– Qual é o problema?

– O problema é simples. Há dois anos toda a Scotland Yard

está investigando um crime. E até agora não conseguimos nenhum resultado, *mon ami.*

– Já descobri.

– O criminoso?

– Não. Que você não é inglês coisa nenhuma. É francês. Só um francês falaria *mon ami.*

– E eu sou francês. A Scotland Yard pediu que o serviço secreto da França me mandasse para cá dar uma força. Como também não deu muito certo, resolvemos apelar para o maior de todos, o ídolo da polícia no mundo inteiro, o detetive Xulê, você o conhece?

– Xulê é a mãe (...nine, ten). O nome dele é Oduvaldo e por acaso ele sou eu... Mas deixemos de entretantos e vamos aos finalmentes, Pierre. Qual é o galho?

– *Pardon...*

– O problema.

– Ah, sim. O crime, como já disse, aconteceu dois anos atrás.

– Sei, no ano em que o Coringão ganhou do São Paulo.

– *Pardon...*

– Nada, continue.

– A vítima foi um velho milionário, que morava sozinho em uma mansão nos arredores de Londres. De repente, apareceu morto. Envenenamento. Logo suspeitamos de um marinheiro, seu sobrinho e único herdeiro provável. Mas nada ficou provado. O sobrinho inclusive parecia gostar de seu tio, a tal ponto que ficou com seu gato depois de sua morte.

– Segura as pontas, que daqui a pouco te ligo de volta.

– *Pardon...*

– Até já.

Desliguei o telefone e fui fazer duas coisas importantes:

1) Ir ao banheiro.

2) Ir à pedicure. Cuidar das unhas me ajuda a pensar.

Voltando da pedicure, estava com as unhas e os pensamentos brilhando.

Chamei o escrivão e disse:

– Passe este *e-mail* para o Inspetor Pierre, da Scotland Yard. Mas, olhe, use o dicionário para traduzir o texto para o inglês.

O escrivão me olhou com desprezo digno de um B.O. (Boletim de Ocorrências) de briga de vizinhos.

– Não preciso de dicionário. Fiz um curso de inglês por correspondência, *understand*?

No dia seguinte, o telefone tocou cedo. Era o Pierre, da Scotland Yard.

– Parabéns, detetive Xulê. Mais uma vez você foi brilhante. Uma pergunta: como você desconfiou do alfaiate? Ele confessou que sabia onde o velho guardava o dinheiro na mansão. Pretendia pôr sonífero no chá das cinco e adormecer a vítima, apenas. Só que na hora se atrapalhou e acabou colocando estricnina, um veneno mortal, e o velho freguês de seus ternos acabou dormindo para sempre. Na verdade, a estricnina ele estava reservando para a esposa (ela roncava demais e ele sofria de insônia). Graças a você, tiramos de circulação um perigoso assassino.

Não respondi, de pura surpresa. E meu silêncio foi interpretado como sigilo profissional, ou modéstia, sei lá. Pierre me cumprimentou de novo e desligou.

Surpreso e intrigado, chamei o escrivão.

– Me passa esse *e-mail* que você enviou ontem.

Era o que eu suspeitava: onde eu dizia que o assassino era o marinheiro, o escrivão traduzira por alfaiate*. Na verdade eu achava que o marinheiro sobrinho do velho, que adotara o gato depois da morte do tio, tinha cometido um crime quase perfeito. Eu recomendava a Scotland Yard que investigasse se o gato estava incluído no testamento da vítima, coisa muito comum entre milionários gagás e solitários.

Mais uma vez a sorte ficava do meu lado. Até errando eu acertava.

Foi quando ouvi a voz conhecida me chamando:

– Detetive Xulê, acorda.

Despertei do sonho.

Tinha adormecido lendo Arsene Lupin e, ao levantar, o livro rolou do meu peito para o chão. Agradeci a Seu Savério, que sempre me acordava a tempo de pegar o ônibus para ir à delegacia.

O velho companheiro de pensão ainda deu o toque:

– Já são 7 horas, detetive Xulê.

Aquela pronúncia não me era estranha.

Lembrei: Inspetor Pierre. No sonho era quem falava assim: Xulê.

---

* Em inglês, marinheiro é "*sailor*". O escrivão escreveu no *e-mail* "*tailor*", que é alfaiate.

– Escuta, Seu Savério, o senhor fala francês?

Ele fez um gesto de deixa pra lá com a mão, enquanto saía do meu quarto arrastando os chinelos:

– Xó português. É que minha dentadura tá no conxerto.

De como Gigi
Garbo, vulgo Xulé,
saiu para prender um
bandido em pleno Carnaval.

– Mas é ridículo, simplesmente ridículo. O que diria meu tio gaúcho se me visse agora?

O delegado respondeu calmo, enquanto dava o último retoque na maquiagem de meu rosto:

– Diria que você está linda.

Deu um passo para trás e pareceu satisfeito com o resultado. Pegou um pequeno espelho oval e colocou na frente para que eu visse o resultado.

O que vi me deixou gelado.

Modéstia à parte, eu estava uma boneca. Batom vermelho berrante, sombra nos olhos, brincos, peruca ruiva e uma base de pó e creme escondendo os pontinhos de barba.

– Só tem um problema – eu disse. – Não está combinando a cara com o corpo.

Daí o delegado abriu um pacote e tirou de dentro:

uma saia azul,
uma blusa rosa curto-circuito,
meia-calça preta,
sapatos de lacinhos,
dois limões
e um sutiã.

Discretamente me deu as costas, enquanto eu tirava o terno e colocava minha nova roupa, demorando mais para ajeitar os limões, que insistiam em escorregar do sutiã.

O delegado virou-se:

– Acho que não esquecemos nada.

Enquanto colocava meu revólver na bolsa de estimação que mamãe me emprestara, comentei batendo o salto alto no chão fingindo frescura:

– Esqueceu sim. Eu odeio saia azul.

O delegado riu, apertou minha mão, desejou boa sorte e foi discretamente ver se não havia ninguém nos corredores da delegacia, para que eu saísse sem aguentar gozação.

Saí e caí no mundo.

A primeira coisa que fiz lá fora foi passar em um bar e pedir para usar o banheiro de senhoras.

Entrei nervoso e saí calmo. Passara no teste.

Era apenas mais uma moça pronta para brincar o Carnaval.

Tinha treinado bastante aquela semana:

Andar de salto alto sem dobrar os pés.

Falar mais baixo e mais fino.

Sentar sem ser de pernas abertas.

E finalmente chegara a vez de usar tudo isso para a

missão que só uma garota esperta e experiente como eu poderia executar: prender o Cara de Cavalo.

O Cara de Cavalo era um bandido que, além da cara grande como a de um cavalo, tinha a mania de roubar todos os dias de Carnaval. Com outra mania dentro dessa mania: só roubava ruivas.

Na delegacia, existia no arquivo uma pasta gorda sobre o Cara de Cavalo.

Cada papel dentro da pasta era a queixa de uma ruiva assaltada por ele.

Existiam também queixas de morenas, louras e desbotadas. Mas sexta, sábado, domingo, segunda e terça de Carnaval só dava mesmo ruivas.

Eu li todas as queixas.

E descobri alguns pontos em comum:

1. O Cara de Cavalo encontrara as vítimas sempre no mesmo clube.

2. O Cara de Cavalo nunca fora preso e gostava de agir fantasiado de mordomo com luvas brancas.

3. O Cara de Cavalo era tarado por ruivas.

Pois bem: agora ele tinha aqui uma ruiva louquinha pra ser assaltada.

Pra reforçar a isca, coloquei um belíssimo colar de pérolas no pescoço. Pérolas falsas, mas quem souber, à primeira vista, diferenciar uma pérola falsa de uma bijuteria bem transada ganha um doce.

No baile de sexta-feira não aconteceu nada.

Vi o Boca de Piano, o Olho de Sapo, o Orelha de Dumbo e o Perna de Garrincha, marginais procurados em todo o país. Mas o Cara de Cavalo não apareceu.

No sábado, não sei se o Cara de Cavalo compareceu porque tomei um pileque e sambei até de madrugada.

No domingo, finalmente, clube cheio de gente, reconheci o Cara de Cavalo no meio do salão. Ele estava com uma ruiva mas, enquanto eu tentava chegar mais perto dele, a peruca da moça caiu, revelando que na verdade ela era morena. Cara de Cavalo imediatamente abandonou a parceira e fugiu. Ainda tentei ir atrás, mas correr de salto alto é pra equilibrista de circo e não pra detetive disfarçado.

Na segunda-feira dei sorte: Cara de Cavalo chegou ao clube quando a orquestra começava a atacar as primeiras músicas. Me aproximei dele e ataquei:

– Bom o Carnaval aqui, né?

Ele virou-se e pude constatar *in loco*: ele realmente tinha cara de cavalo.

Relinchou em resposta:

– Agora é que ficou bom. Sou chegado em ruiva gostosa como você.

Me deu vontade de dar um coice nele ali mesmo, mas sou um profissional. Respondi:

– O senhor é muito gentil.

Notei que ele não estava fantasiado de mordomo, mas com certeza não perdera a mania de assaltar ruivas no Carnaval.

Estendeu a mão sem luvas brancas:

– Me chama de você. Cara de Cavalo, seu criado.

E agora? Qual seria meu nome de guerra?

– Gigi Garbo, prazer.

Claro que era um nomezinho vulgar paca. Mas comparado com Cara de Cavalo era chique demais. Ele colocou a pata, digo, a mão em meu ombro e foi me levando para o salão.

– Bom, Gigi, agora que já nos conhecemos intimamente, vamos sacudir as banhas.

Fiquei indignado mas fui em frente. Onde já se viu o enxuto detetive Oduvaldo ter banhas para sacudir? Tratei de retirar a mão dele de perto de meu pescoço, dando a entender que protegia o colar de pérolas, e dançamos duas marchas, um frevo, um sambão e três roques.

Até que cansei e pedi uma trégua do pula-pula:

– Vamos parar um pouco, Cara?

Ele concordou na hora.

Acho que, se eu tinha pressa em ver o passarinho na gaiola, ele também tinha de ver a passarinha no alçapão. Mas a pressa maior eu tinha era de me livrar de seu mau hálito, um hálito realmente de cavalo com azia.

– Que tal irmos lá fora tomar um arzinho, Gigi?

Um convite sutil como um cavalo: sei que ele queria tomar um arzinho... queria mais era tomar meu colar de pérolas.

Lá fora do clube ele me convenceu a ficarmos conversando em uma rua escura e deserta ali perto. Topei, não sem antes fazer o que algumas moças ainda fazem: fazer de conta que não querem o que querem.

– Está bem, já que você insiste, vamos. Mas apenas por alguns instantes, que eu não quero perder o baile nem a fama de mocinha que só vai para ruas escuras e desertas com um homem se esse homem for o marido.

Na rua escura e deserta, Cara de Cavalo ficou frente a frente comigo, colocou as mãos em meus ombros e disse:

– Sabe, Gigi, eu tenho um segredo.

Virei o rosto de lado para escapar do bafo, o que ele interpretou como pudor e recato de moça romântica, a ponto de insistir:

– Gigi, eu quero lhe contar um segredo.

Pensei: agora ele vai me revelar que é o famoso bandido que assalta ruivas nos dias de Carnaval. Falei:

– Eu já sei qual é.

Ele me puxou para mais perto, fazendo com que eu precisasse virar o rosto mais ainda e arrematou:

– Então você sente o mesmo por mim? Também sente o sangue correr mais forte nas veias, o coração disparar como cavalo louco nas pradarias, a paixão súbita se apossar de todo seu ser?

Apesar do mau hálito, a surpresa era muita para que eu não quisesse ver sua cara:

– Me dá um beijo, Gigi.

Fui rápido, falando e afastando-o com um empurrão:

– Sai pra lá, bandido. Eu vou te dar é um sol nascendo quadrado.

Aproveitando que ele procurava manter o equilíbrio e se recuperar do susto, abri a bolsa para tirar o revólver.

– Mas o que é isso, Gigi?

– Isso é o que você merece. Mãos para o alto. Você está preso em nome da lei.

Com a boca de cavalo aberta, primeiro de surpresa, depois num sorriso, ele veio para perto de novo:

– Puxa, você tem um senso de humor estranho, Gigi. Confesso que nem sei o que pensei quando você me empurrou e disse aquilo de prender, mãos ao alto e tudo.

Levantou os braços rindo:

– Eu gosto de mulher que sabe brincar. Agora tenho mais um motivo para amar você, Gigi.

Abaixou os braços e descobri que além de mau hálito ele tinha um cecê infernal. E pior: eu tinha apontado para ele um batom.

Revirei rapidamente a bolsa e jurei pra mim mesmo que

nunca mais iria guardar o revólver dentro de uma bolsa com tanta coisa inútil, tipo escovas, pente, espelho, cacarecos de maquiagem etc.

Como não achava mesmo a arma, e o bandido já me abraçava de novo, parti pro pau.

Me atraquei com o bandido e lutamos um pouco até que ele caiu e ficou imobilizado debaixo de mim.

Foi tranquilo vencer a briga e colocar as algemas que achei entre os objetos que também caíram da bolsa durante o pega.

Com ele vencido, não pude deixar de estranhar:

– Nunca pensei que fosse tão fácil prender um bandido como você. Nem precisava ter me dado ao trabalho de fingir de mulher pra isso.

Já de pé, com o máximo de dignidade que lhe permitiam as algemas nos pulsos e a falta dos dentes que lhe arranquei com um soco, ele disse, mais triste que revoltado:

– Já passei por muitas frustrações na vida. Xingado e gozado por ter cara de cavalo, por exemplo. Mas nunca enfrentei uma humilhação tão grande. Ser rejeitado pela mulher que amo, descobrir que essa mulher é homem, levar um cacete e ainda ser confundido com um bandido. Depois dessa, vou virar um ermitão no pasto mais distante.

* * *

Quando terminei de contar a história, o delegado perguntou:

– E você trouxe o homem preso?

– Trouxe, claro.

– E daí?

– Daí que as impressões digitais confirmaram: ele não era mesmo o Cara de Cavalo. Era apenas um cara que dera o azar de ter cara de cavalo, apelido idem e ser atraído por uma ruiva no baile de Carnaval. Além disso, o verdadeiro Cara de Cavalo fora preso quando ia para o baile já na sexta-feira. A grande mancada foi não terem me avisado que o caso estava resolvido.

Expliquei então ao delegado como pedira desculpas, pagara um curativo e me comprometera a pagar também um dentista para o coitado.

Já ia me levantando para voltar a minha sala, quando o delegado me chamou, sério:

– Só não entendi uma coisa. Tudo isso aconteceu segunda, hoje é quinta-feira, onde você esteve nestes três dias?

Temia que ele perguntasse o que perguntou. Sem outra alternativa, pedi licença um instante, fui para minha sala e voltei com um troféu imenso que exibi para ele. Como ele ficasse olhando sem entender, expliquei:

– Bom, na terça-feira fui ao último baile de Carnaval do clube. Estava acontecendo um concurso e eu ganhei.

– E que concurso era esse?

– O concurso do baile dos enxutos, lógico. Ou você acha que eu iria treinar tanto à toa? Quando eu começo um caso, vou até o fim. Ganhei na terça e passei a quarta comemorando.

Dei as costas para o delegado e saí com meu troféu, sem esperar os elogios que com certeza ele faria ao melhor detetive da Moóca.

O melhor e o mais modesto.

De como o detetive Xulé descobriu que também era bandido.

Era meu dia de folga, um domingão, e fui folgar no centro da cidade.

Depois de um sorvete de abacaxi, um churro recheado de creme, um doce de morango, um cafezinho, um tablete de chocolate e duas cocadas, fiquei fazendo a digestão em um banco de jardim.

Eu sentadão no banco, com uma quantidade tal de açúcar refinado no estômago que deixaria qualquer macrobiótico grogue, e na frente um pregador evangélico fazia seu discurso ao som de uma sanfona.

A sanfona era mal tocada paca e o papo do cara girava em torno de vamos-todos-para-o-inferno-mas-quem-se-converter-hoje-eu-quebro-o-galho-com-o-grande-pai-lá-em-cima.

Logo, quase ao lado dele, apareceu um outro pregador. Só que este mais organizado: trazia sua própria plateia. Três moças de tranças e dois rapazes de terno que conseguiam o que pensei impossível: tocar saxofone e zabumba pior que a sanfona.

Detalhe: quem tocava a sanfona era uma mocinha que escondia a beleza dentro de um vestidão muito em moda nos idos de 1820, debaixo de um penteado estilo cabeleireiro aposentado, e atrás da enorme sanfona abóbora e verde. Mas como era domingo, e domingo sem paquera não tem graça, aguentei os dois sermões simultâneos imaginando uma maneira de abordar a moça.

Bem na hora em que bolei um jeito genial de puxar um papo com a formosa sanfoneira (mais um pouco de solidão e tédio e ela virava *miss* mundo na minha cabeça), alguém gritou.

Olhei e vi um trombadão correndo, uma mulher já meio velha na calçada e dois populares gritando pega ladrão.

Com o instinto de caçador despertado, levantei do banco e saí correndo atrás do trombadão que corria.

Mas antes deixa eu contar o que tinha bolado para paquerar a moça da sanfona. Era um plano em três etapas e infalível.

Primeiro eu me aproximava dela e dizia:

– Você toca muito bem. Falar nisso, que tal me dar uma aula particular de música lá em casa hoje à noite?

Essa seria a abordagem sutil.

Se não colasse, eu ia direto no pregador:

– Você me apresenta à sanfoneira e eu me converto já, ok?

E, finalmente, caso as duas partes do Plano Agarra Sanfoneira falhassem, eu entrava com tudo:

– Eu sou amigo do pastor Edir Macedo. Ele acabou de inaugurar uma televisão nos Estados Unidos. Estava observando vocês, e acho que os dois são exatamente o que preciso para animar nosso programa de televisão. Basta um teste para ver se ela sabe tocar sanfona em inglês. Que tal amanhã, no Hotel Laura's, onde estou hospedado? Obviamente, só ela precisa comparecer. O senhor é tão bom que já está contratado.

Nesta altura, eu já estava atracado com o trombadão e, de quebra, com a sanfoneira nos braços dizendo meu herói! meu herói!, que eu quando sonho é fogo: a imaginação galopa.

A realidade, porém, às vezes é um tapa na fantasia.

Na verdade, eu estava era com o trombadão preso com o braço torcido para trás e a vítima gritando histérica:

– Bate nesse desgraçado, bate!

Olhei bem para a mulher.

Ela estava furiosa.

Olhei para o trombadão.

Ele estava apavorado.

Um rapaz, pouco mais que um menino. Se fosse menino, seria trombadinha, desses muitos que barbarizam nas ruas da cidade.

Como policial, estava acostumado a esse tipo de situação: a vítima sempre espera que a polícia puna o ladrão na hora. Mas eu não sou juiz, nem carrasco. E também não acho certo bater em ninguém, se bem que um amigo meu jura que a diferença entre a polícia comum e a polícia científica é que uma bate com a mão e a outra com três quilos de psicologia.

Antes que eu perguntasse, a mulher já foi contando:

– Eu estava passeando ali no jardim bela e formosa, quando sem mais nem menos esse desgraçado veio correndo, me derrubou e arrancou meu colar.

Virei para o trombadão e mandei:

– Devolva o colar.

Ele devolveu. Peguei o colar, uma porcaria falsificada, simples bijuteria, e passei para a mulher. Ela pegou e arrematou, pê da vida:

– Precisa acabar com essa raça.

– Precisa mesmo, minha senhora. Precisa acabar com a raça que oprime o povo e obriga todos a estarem sempre a um passo do crime.

Todas as cabeças se viraram para quem falava isso. Digo todas porque, nessa altura, tinha uma porção de gente em volta. Pensei que se eu fosse o pregador iria me sentir feliz com tanto público. Mas eu era só um paquerador de plantão, um detetive de folga louco pra sair dali, deixar o trombadão na delegacia mais próxima e curtir em paz meu resto de domingo.

– Existem milhões de menores abandonados nesta cidade. E existem por quê? Porque não há empregos, não há assistência social, não há nenhuma ação positiva e séria para tirar esses meninos, essas crianças da marginalidade.

Quem falava era um moço barbudo de olhos verdes com um broche de um partido de esquerda no blusão. E ele, enquanto parecia se dirigir à mulher assaltada, ao trombadão e a mim, elevava a voz num discurso.

– Enquanto os membros do governo viajam em aviões movidos a dólares, com todas as mordomias, achatam os salários e não põem um tostão em coisas que realmente interessam. O problema do menor é grave, e com tanta miséria a criminalidade aumenta. E aumenta por quê? Porque os verdadeiros culpados somos nós. Nós que calamos cada vez que acontece uma violência. Nós que pensamos que os culpados são esses trombadinhas, enquanto a verdade é que eles são apenas vítimas de um sistema social injusto e desumano que faz crianças virarem feras urbanas, defendendo a sobrevivênvia, defendendo o estômago.

Até a mulher assaltada ficou quieta, escutando. O moço barbudo continuou seu discurso por muito tempo. A coisa tinha virado comício mesmo, com o moço em cima de um caixote que alguém arrumara sei lá como, acho que era uma caixa de engraxate.

– O trombadinha tem casa? Não. O trombadinha tem escola gratuita? Não. O trombadinha tem pais com empregos e salários decentes? Não. Então, o que mais se pode esperar de alguém assim, abandonado por todos, carente de tudo, senão reagir com ódio à sociedade?

Eu estava impressionado.

O trombadão também.

Nem ele sabia que era um grave problema social. O moço barbudo tomou um gole de caldo de cana e finalizou em voz bem alta:

– E sabem quem são os verdadeiros trombadinhas? São

os que assaltam o bolso do trabalhador sem nunca irem para a cadeia. Os poderosos e impunes assaltantes oficiais que provocam e aumentam esse estado de coisas.

Quando ele terminou, a mulher assaltada ofereceu seu colar ao trombadão, se bem que era uma safadeza, já que a bijuteria não valia nem um sanduíche de mortadela, mas seu gesto foi aplaudido. O pregador e a sanfoneira, a meus olhos uma anja *sexy*, deram uma Bíblia ao trombadão. E eu fiz o que podia: soltei o braço dele e lhe dei liberdade.

Acho que foi a primeira vez que um policial deixava um assaltante solto e era aplaudido. A cena comovia, tipo novela das seis. Aos poucos, todos foram se dispersando, com o peito orgulhoso e a sensação de terem entendido as causas da violência urbana e com a alma leve por terem absolvido uma vítima injustiçada. O moço barbudo me apertou a mão e também se foi. Só não consegui um beijo da sanfoneira, que seria minha justa recompensa.

Sem mais nada a fazer, fui para casa.

E apenas lá é que descobri que, aproveitando a confusão, o desgraçado do trombadão tinha me levado a carteira.

**O fantasma
que ganhou na loteca.
Um caso sobrenatural
para o detetive Xulé.**

Eu não acredito em bruxas.

Mas em uma bruxa eu acredito: Madame Zoraia.

Neste momento, por exemplo, Madame Zoraia está girando o corpo velozmente pela sala e tem cabelos de bruxa, cara de bruxa, olhos de bruxa e roupa de bruxa. Na verdade, não está muito diferente de uma tia minha que depois de velha deu pra ficar relaxada, se vestir mal e botar um metro de pó de arroz nas verrugas do nariz.

Só que minha tia não seria capaz de fazer o que Madame Zoraia está fazendo agora: invocar o espírito do cunhado de Dona Sônia.

Dona Sônia está sentada ao meu lado, ali na sala de visitas da casa de Madame Zoraia, concentrada e de olhos fechados.

Eu não: estou de pé e de olhos abertos. Antes estava olhando as pequenas estátuas, algumas diabólicas, as cruzes, os panos vermelhos e pretos, e mil outros objetos que davam a impressão que Madame Zoraia havia contratado o diabo como decorador.

Mas a minha atenção vai toda para a dança da bruxa.

Ela para de dançar de repente e fala com voz rouca:

– Quem me chamou do além?

Dona Sônia responde sem abrir os olhos:

– Fui eu, Marcondes.

Marcondes é o nome do cunhado de Dona Sônia, o qual ganhou na Loto e morreu de emoção na hora em que recebeu a notícia. E o pior é que passou desta para melhor, ou melhor dizendo, para pior, sem ter tempo de receber o prêmio. Dona Sônia, desesperada, tenta agora saber onde foi que o cunhado escondeu o cartão da Loto para poder receber a dinheirama.

– E o que você quer? – pergunta a bruxa, que alguns minutos antes garantira poder baixar o espírito do falecido e que parecia ter conseguido mesmo.

– Eu quero, Marcondes, que você me diga onde escondeu o desgraçado do cartão da Loto. Sua mulher já procurou, seus filhos, eu, seu irmão e até a vizinhança, reviramos a casa e nada.

A bruxa silenciou.

Fiquei aguardando.

Afinal, eu entrara nessa a pedido do marido de Dona Sônia. Ele suspeita que tudo seja uma fraude: Madame Zoraia estaria usando essa história de receber o espírito como meio de arrancar dinheiro da família. Eu concordo com ele: já é a sétima sessão, todas muito bem pagas, e até agora nada.

Dependendo da resposta que a bruxa der agora, poderá ser presa por fraude e extorsão.

A bruxa treme e grita:

– Está costurado no paletó marrom.

Dá outra tremida e para a mensagem.

Dona Sônia abre os olhos, a bruxa respira fundo e senta-se numa espécie de trono improvisado, com uma colcha vermelha por cima de uma cadeira alta.

Com voz normal, ou seja, de taquara rachada misturada com araponga, a bruxa comunica:

– A consulta terminou. Pode fazer o cheque e boa sorte.

Intervenho:

– Espere, Dona Sônia. É melhor ver se o cartão está mesmo onde ela falou, antes de gastar mais dinheiro com essa mulher.

A bruxa ficou ofendida:

– Primeiro, quem falou não fui eu, foi o espírito de Marcondes. Segundo, trato é trato. Terceiro, se não me pagar o combinado, eu lanço um feitiço nos dois.

Fiquei numa encruzilhada, que, aliás, é um lugar bom para feitiços: se prendesse a bruxa, arriscava levar uma maldição na cabeça, justo agora que estou saindo de uma onda de azar por aquele espelho que quebrei há sete anos. E também podia ser que desta vez ela estivesse certa.

Decidi:

– Dona Sônia, vamos fazer o seguinte: vamos todos procurar o cartão. Se estiver no tal do paletó marrom, a senhora faz o cheque. Caso contrário, prendo Madame Zoraia.

Para minha surpresa, Madame Zoraia concordou. Levantou-se enquanto comentava na despedida:

– O senhor faz mal em duvidar dos espíritos.

Como era inútil responder que eu duvidava era dela, apenas respondi:

– Espírito não exige cheque visado, e ao que eu saiba no além ainda não tem filial do Banco do Brasil.

Pegamos um táxi e fomos para a casa da esposa do finado Marcondes. Ela, quando soube o porquê da visita, se benzeu e falou:

– Mas o paletó marrom é aquele com que meu marido foi enterrado.

Não foi fácil conseguir autorização para abrir o túmulo e pegar o paletó marrom. Só consegui depois de insistir com o delegado que precisávamos dessa prova para poder prender Madame Zoraia.

Vou pular a parte em que a cova foi aberta que pode ter criança escutando e criança só não se impressiona com histórias leves, como as punhaladas, tiros, estrangulamentos, socos e mortes dos desenhos de televisão.

Pulemos para a delegacia.

Está o delegado, Dona Sônia, o marido de Dona Sônia, a esposa do finado Marcondes, eu, Madama Zoraia, meia dúzia de repórteres e vinte ou trinta vítimas de assaltos esperando a vez de serem atendidas. Ah, sim, o principal também está aqui: o paletó marrom, que, ao contrário do defunto, está em perfeito estado de conservação.

O delegado corta com uma tesoura o forro do paletó. Suspense. Enfia a mão no buraco do tecido e retira um cartão da Loto. Sob aplausos, entrega o cartão para a esposa do feliz ganhador da Loteca, que por motivos compreensíveis não se encontra presente à solenidade.

Então, definitivamente provado: Madame Zoraia não era uma chantagista. Apenas cobrava alto pelo serviço de invocar espíritos, o que não é crime, porque banqueiro também cobra muito para emprestar dinheiro e o cliente não pode prestar queixa à polícia.

No dia seguinte, tudo resolvido, voltei à casa de Madame Zoraia.

Pretendia encomendar uma macumbinha pra conquistar mais rápido uma vizinha desquitada, que se mudara recentemente para perto da pensão onde moro.

Quando estava para abrir a porta, alguém abriu primeiro por dentro e saiu, me dando o maior encontrão sem pedir desculpas.

Virei a cabeça para ver quem era o apressadinho mal-educado e reconheci Dona Sônia.

Estranhei que ela nem me cumprimentara, mas Madame Zoraia já surgia na minha frente rindo à beça, uma risada fina e intermitente como cantor andrógino de *pop*.

– O que aconteceu? – perguntei.

Sem parar de rir, Madame Zoraia explicou:

– É Dona Sônia, que veio aqui reclamar, louca da vida.

Sem entender, perguntei para Madame Zoraia:

– Reclamar de quê? Afinal, ela encontrou o cartão da Loto que tanto queria, não?

Madame Zoraia respondeu sem parar de rir:

– Encontrou sim, você viu que encontrou.

E só parou de rir para completar a resposta e desengasgar:

– O cartão não era premiado coisa nenhuma. Foi a última brincadeira em vida que o tal Marcondes fez. Imagino que sabia que ia morrer, já que sofria do coração, e preparou tudo pra família acreditar que ganhara mesmo na Loto e estava deixando uma fortuna para todos.

Apesar do humor negro, não pude deixar de rir também.

– Quer dizer que até depois de morto ele não deixou de ser gozador?

A bruxa me olhou bem nos olhos, deu uma piscadinha e encerrou a questão:

– Claro. Lá em cima é igual aqui embaixo. O que tem de espírito de porco...

COLEÇÃO JABUTI AVENTURA

Editora Saraiva

SETE CASOS DO DETETIVE XULÉ

ULISSES TAVARES

Apreciando a Leitura

■ Bate-papo inicial

Quem poderia resolver um caso de assassinato sem levantar da cadeira? Quem encontraria um gato perdido com apenas algumas perguntinhas? Quem mais senão o incrível detetive Xulé? (Cuidado, ele odeia esse apelido!)

Com um jeitinho tipicamente brasileiro e *às vezes* até com boa dose de inteligência, detetive Xulé vai desvendando seus casos e narrando suas peripécias com ironia e bom humor. Embarque com ele em suas divertidas investigações e tome parte no fantástico, mas nem sempre sério, mundo da literatura policial.

■ Analisando o texto

1. Detetive Xulé foi procurado pelo diretor do Museu Imperial por causa do sumiço de uma joia. Que joia era essa? Onde ela tinha ido parar?

R.: ______________________________

____

____

2. Dona Laura era muito respeitada pelo detetive Xulé, por isso ele a acudiu prontamente quando seu gato desapareceu. Quem havia sido, afinal, o culpado pelo desaparecimento do bichano?

R.: ______________________________

3. Para prender o bandido que atacava suas vítimas com um cachorro, detetive Xulé contou com a ajuda de um querido companheiro. Quem?

R.: ______________________________

4. Durante um sonho, detetive Xulé conversou com um inspetor francês, Pierre. Ao acordar reconheceu o inspetor Pierre em seu Savério. Como?

R.: ______________________________

____

5. Qual foi o plano bolado pelo delegado e pelo detetive Xulé para prender o bandido Cara de Cavalo?

R.: ______________________________

____

____

6. Enquanto assistia na rua à pregação religiosa de um pastor, detetive Xulé estava mais interessado em outra coisa. O que era?

R.: ______________________________

____

7. Onde estava, afinal, o bilhete premiado do finado Marcondes?

R.: ______________________________

____

17. Reconhecido por seus feitos, detetive Xulé era solicitado até pela Scotland Yard, uma grande agência de investigação com sede na Inglaterra. Em um sonho, ele recebeu um telefonema da Scotland Yard e o recado foi anotado de maneira muito engraçada pelo escrivão:

"Dier inspequetor Da Silva. Ui nide ior rélpe. Col us tudei..." (p.31)

Na verdade, o recado dizia: *Dear inspector Da Silva. We need your help. Call us today...* (Caro inspetor da Silva. Nós precisamos de sua ajuda. Ligue-nos hoje...). Faça de conta que você está passando por dificuldades que somente o detetive Xulé pode resolver. Escreva um telegrama para ele explicando a situação e pedindo a sua ajuda.

18. Use toda sua imaginação e crie um detetive. Imagine suas características físicas, intelectuais e emocionais, o lugar onde vive, para quem trabalha, se tem companheiros de trabalho, etc. Escreva uma narrativa de enigma e apresente seu detetive para a classe.

Para qualquer comunicação sobre a obra, entre em contato:

SARAIVA Educação S.A.
Avenida das Nações Unidas, 7.221 – Pinheiros
CEP 05425-902 – São Paulo – SP
www.editorasaraiva.com.br

Tel.: (0xx11) 4003-3061
atendimento@aticascipione.com.br

Escola: ______________________________

Nome: ______________________________

____

Ano: ______________ Número: ______________

Esta proposta de trabalho é parte integrante da obra *Sete casos do detetive Xulé*. Não pode ser vendida separadamente. © SARAIVA Educação S.A.

Linguagem

8. Detetive Xulé se refere a seu apelido como "o abominável apelido das vítimas de disfunções odoríficas das extremidades do corpo". Ou seja, o conhecido chulé. Essa figura de linguagem, muito usada por poetas, que tenta minimizar os efeitos de uma expressão ou palavra negativa (como a morte, a dor ou mesmo um chulezinho) é conhecida como eufemismo. Além desse recurso, ele emprega expressões populares ou frases engraçadas e irônicas. Reescreva com suas palavras algumas delas, "traduzindo-as":

a) *um homem com o rei na barriga*

R.: ____

b) *náufrago que se agarra em tubarão pra não afundar*

R.: ____

c) *cair no mundo*

R.: ____

d) *sutil como um cavalo*

R.: ____

e) *ver o sol nascer quadrado*

R.: ____

f) *passou desta para melhor*

R.: ____

g) *voz de taquara rachada misturada com araponga*

R.: ____

■ Refletindo

9. Os "trombadinhas", isto é, os delinquentes infantis, são um dos mais graves problemas sociais do nosso país. Releia o que o moço barbudo do episódio *De como o detetive Xulé descobriu que também era bandido* diz sobre esse problema e reflita sobre isso. Ele estava certo? Discuta o assunto em grupo. De acordo com vocês, quais as causas da delinquência infantil? Elaborem juntos um pequeno texto e apresentem-no para a classe.

10. Se o detetive Xulé fosse corrupto ele moraria em um hotel cinco estrelas, conforme ele mesmo dizia. Mas preferia ser honesto, mesmo que isso lhe desse dor de cabeça, e morar em uma pensão. Você sabe o que é corrupção? Você preferia ser honesto e morar em uma pensão ou ser corrupto e ir para um hotel cinco estrelas? Por quê?

R.: ____

____

____

____

11. Detetive Xulé dizia que cuidar dos pés ajuda a pensar. Algumas pessoas necessitam de silêncio absoluto para estudar, enquanto outras ouvem música clássica. Qual a sua receita para conseguir a concentração necessária para pensar, estudar ou fazer algo importante?

R.: ____

____

____

____

12. Detetive Xulé havia lido que qualquer tipo de problema deveria ser encarado de frente. Ele agia assim quando estava diante de seu maior problema: revelar seu apelido. Você concorda com essa maneira de enfrentar as dificuldades? Como você resolve os seus problemas?

R.: ____

____

____

13. Em sua primeira investigação, detetive Xulé se descreve como sendo "normal como um brasileiro normal". O que você acha que ele quis dizer com isso? Como você descreveria um brasileiro "normal"? Você se considera um "brasileiro normal"? Como você se descreveria para outra pessoa?

R.: ____

____

____

Ampliando

14. Durante as aventuras do detetive Xulé surge um nome que você talvez já tenha ouvido falar: Agatha Christie. Você sabia que ela é um dos grandes mestres mundiais da literatura policial e de suspense e foi a criadora de dois dos mais conhecidos detetives do mundo: Inspetor Poirot e Miss Marple? Não perca tempo e procure conhecer mais sobre a obra dessa grande escritora. Há várias obras dela no mercado, assim como filmes (*Testemunha de acusação*, de Billy Wilder, 1957; *Morte sobre o Nilo*, de John Guillermin, 1978; *Encontro marcado com a morte*, de Michael Winner, 1988, entre muitos outros).

Pesquisando

15. O verdadeiro nome do detetive Xulé era Oduvaldo. Ele tinha esse nome porque seu pai quis homenagear um grande jogador de futebol brasileiro de mesmo nome. Muitas pessoas recebem seu nome em homenagem a outras pessoas: parentes queridos, artistas, personalidades...Você sabe por que ganhou o seu nome? Procure saber o motivo. Tente ainda encontrar alguém em sua família ou turma de amigos que tenha o nome de alguém famoso.

■ Redigindo

16. Durante as comemorações de Carnaval, Cara de Cavalo expressou todo seu desapontamento:

Já passei por muitas frustrações na vida. Xingado e gozado por ter cara de cavalo, por exemplo. Mas nunca enfrentei uma humilhação tão grande. Ser rejeitado pela mulher que amo, descobrir que essa mulher é homem, levar um cacete e ainda ser confundido com um bandido. Depois dessa, vou virar um ermitão no pasto mais distante. (p. 45)

Imagine ou lembre-se de uma situação como essa, ou mesmo uma inversa, em que, de repente, todas as coisas acontecem a seu favor e o resultado não poderia ser melhor. Redija um relato de experiência vivida.

Edison Russo

Ulisses Tavares é dono de uma imaginação vulcânica e, por isso, não se contenta com uma coisa só.

Entre outras mil atividades, dá palestras e aulas sobre criatividade aplicada às novas tecnologias (internet, código de barras etc.) para executivos em faculdades e empresas de todo o País. Nos intervalos, realiza estratégias de marketing e cria campanhas eleitorais para políticos.

Para relaxar, é criativo publicitário internacionalmente premiado.

De vez em quando, incursiona pelo teatro, pelos recitais poéticos e pela música, como letrista e parceiro de grandes compositores da MPB, como Zé Rodrix, Sérgio Sá, Tomas Roth e, em campanhas políticas para o PV, Gilberto Gil.

Para descansar, ministra oficinas de poesia para professores, visita as escolas para encontrar seus inúmeros jovens leitores e executa seminários *on line* sobre literatura ou *CD-ROMs* interativos com poemas.

É jornalista digital e escreve regularmente para o *site* Guia do Homem e muitos outros.

No meio disso, ninguém sabe como, nem ele sabe explicar, escreve sobre um pouco de tudo (um polígrafo portanto, aquele que escreve sobre diferentes assuntos), tendo mais de 70 livros publicados e mais de meio milhão de exemplares vendidos apenas em poesia.

Seja por magia ou pela proteção dos deuses das artes, não abre mão de morar no alto de uma montanha, lavar seu rosto numa cachoeira, passear e brincar com seus seis cachorros, fazer meditação e orar pela humanidade às 18 horas.

Diz ele que, ao receber seus direitos autorais, conferir o quanto ganha de fato um escritor tupiniquim, descobriu que era apenas mais um humorista brasileiro.

E daí resolveu escrever *Sete casos do detetive Xulé*, livro que vem somar-se aos dois outros ótimos títulos de sua autoria para a Coleção Jabuti da Editora Saraiva: *Viva a poesia viva* (poemas infantojuvenis) e *Só não venha de calça branca* — A *cãografia* de Tutty Antonio.

Ulisses Tavares sabe como juntar amor e humor no que faz.

e-mail:
uuti@terra.com.br
site:
www.ulissestavares.com.br

Sobre o ilustrador:

Arnaldo Angeli Filho começou como chargista e cartunista em 1970, na revista *Senhor*. Desde 1973 tem trabalhos publicados na *Folha de S. Paulo*, na qual, em tiras diárias, desenvolveu os personagens que o tornaram famoso: Bob Cuspe e Rê Bordosa. Na década de 1980 iniciou a publicação *Chiclete com Banana*, revista da contracultura e do *underground*, que deu um novo alento aos quadrinhos nacionais. A revista lançou outras divertidas e agressivas criações de Angeli, como Walter Ego, Rhalah Rikota, Bibelô, Meiaoito e Nanico, Mara Tara, Wood & Stock e Os Skrotinhos.

Atualmente, além das charges políticas da *Folha de S. Paulo*, Angeli publica suas tiras diariamente em vários jornais brasileiros e no *Diário de Notícias*, de Lisboa, Portugal. No UOL publica desenhos, *cartoons* e tiras semanais no UOL Humor e nas colunas "Let´s Talk About Sex" e "Luke & Tantra".

COLEÇÃO JABUTI

Adeus, escola ▼◆🗐☒
Amazônia
Anjos do mar
Aprendendo a viver ◆⌘■
Aqui dentro há um longe imenso
Artista na ponte num dia de chuva e neblina, O ✻★⌖
Aventura na França
Awankana ✎☆⌖
Baleias não dizem adeus ✻🕮⌖○
Bilhetinhos ✪
Blog da Marina, O ⌖✎
Boa de garfo e outros contos ◆✎⌘⌖
Bonequeiro de sucata, O
Borboletas na chuva
Botão grená, O ▼✎
Braçoabraço ▼⚐
Caderno de segredos ❑◎✎🕮⌖○
Carrego no peito
Carta do pirata francês, A ✎
Casa de Hans Kunst, A
Cavaleiro das palavras, O ★
Cérbero, o navio do inferno 🕮☑⌖
Charadas para qualquer Sherlock
Chico, Edu e o nono ano
Clube dos Leitores de Histórias Tristes ✎
Com o coração do outro lado do mundo ■
Conquista da vida, A
Da matéria dos sonhos 🕮☑⌖
De Paris, com amor ❑◎★🕮⌘☒⌖
De sonhar também se vive...
Debaixo da ingazeira da praça
Desafio nas missões
Desafios do rebelde, Os
Desprezados F. C.
Deusa da minha rua, A 🕮⌖○
Devezenquandário de Leila Rosa Canguçu ✈
Dúvidas, segredos e descobertas
É tudo mentira
Enigma dos chimpanzés, O
Enquanto meu amor não vem ●✎⌖
Escandaloso teatro das virtudes, O ✈☺

Espelho maldito ▼✎⌘
Estava nascendo o dia em que conheceriam o mar
Estranho doutor Pimenta, O
Face oculta, A
Fantasmas ⌖
Fantasmas da rua do Canto, Os ✎
Firme como boia ▼⌖○
Florestania ✎
Furo de reportagem ❑✪◎🕮⚐⌖
Futuro feito à mão
Goleiro Leleta, O ▲
Guerra das sabidas contra os atletas vagais, A ✎
Hipergame ✍🕮⌖
História de Lalo, A ⌘
Histórias do mundo que se foi ▲✎✪
Homem que não teimava, O ◎❑✪⚐○
Ilhados
Ingênuo? Nem tanto...
Jeitão da turma, O ✎○
Lelé da Cuca, detetive especial ☑✪
Leo na corda bamba
Lia e o sétimo ano ✎■
Luana Carranca
Machado e Juca †▼●☞☑⌖
Mágica para cegos
Mariana e o lobo Mall 🕮⌖
Márika e o oitavo ano ■
Marília, mar e ilha 🗐✍✎
Matéria de delicadeza ✎☞⌖
Melhores dias virão
Memórias mal-assombradas de um fantasma canhoto
Menino e o mar, O ✎
Miguel e o sexto ano ✎
Miopia e outros contos insólitos
Mistério mora ao lado, O ▼✪
Mochila, A
Motorista que contava assustadoras histórias de amor, O ▼●🗐⌖
Na mesma sintonia ⌖■
Na trilha do mamute ■✎☞⌖
Não se esqueçam da rosa ♠⌖
Nos passos da dança

Oh, Coração!
Passado nas mãos de Sandra, O ▼◎⌖○
Perseguição
Porta a porta ■🗐❑◎✎⌘⌖
Porta do meu coração, A ◆⚐
Primeiro amor
Quero ser belo ☑
Redes solidárias ◎▲❑✎⚐⌖
Reportagem mortal
romeu@julieta.com.br ❑🗐⌘⌖
Rua 46 †❑◎⌘⌖
Sabor de vitória 🗐⌖○
Sambas dos corações partidos, Os
Savanas
Segredo de Estado ■☛
Sete casos do detetive Xulé ■
Só entre nós – Abelardo e Heloísa 🗐■
Só não venha de calça branca
Sofia e outros contos ☺
Sol é testemunha, O
Sorveteria, A
Surpresas da vida
Táli ☺
Tanto faz
Tenemit, a flor de lótus
Tigre na caverna, O
Triângulo de fogo
Última flor de abril, A
Um anarquista no sótão
Um dia de matar! ●
Um e-mail em vermelho
Um sopro de esperança
Um trem para outro (?) mundo ✖
Uma trama perfeita
U'Yara, rainha amazona
Vampíria
Vida no escuro, A
Viva a poesia viva ●❑◎✎🕮⌖○
Viver melhor ❑◎⌖
Vô, cadê você?
Zero a zero

Prêmio Altamente Recomendável da FNLIJ
Prêmio Jabuti
Prêmio "João-de-Barro" (MG)
Prêmio Adolfo Aizen - UBE
Premiado na Bienal Nestlé de Literatura Brasileira
Premiado na França e na Espanha
Finalista do Prêmio Jabuti
Recomendado pela FNLIJ
Fundo Municipal de Educação - Petrópolis/RJ
Fundação Luís Eduardo Magalhães

● CONAE-SP
⌖ Salão Capixaba-ES
▼ Secretaria Municipal de Educação (RJ)
■ Departamento de Bibliotecas Infantojuvenis da Secretaria Municipal da Cultura/SP
◆ Programa Uma Biblioteca em cada Município
❑ Programa Cantinho de Leitura (GO)
♠ Secretaria de Educação de MG/EJA - Ensino Fundamental
☞ Acervo Básico da FNLIJ
✈ Selecionado pela FNLIJ para a Feira de Bolonha

✎ Programa Nacional do Livro Didá...
🕮 Programa Bibliotecas Escolares (...
✍ Programa Nacional de Salas de Le...
🗐 Programa Cantinho de Leitura (M...
◎ Programa de Bibliotecas das Escola... Estaduais (GO)
† Programa Biblioteca do Ensino Médi...
⌘ Secretaria Municipal de Educação/...
☒ Programa "Fome de Saber", da Faa...
⚐ Secretaria de Educação e Cultura da...
○ Secretaria de Educação e Cultura de...